# LA PARODIE AU PARNASSE,

## OPERA-COMIQUE EN UN ACTE.

*Représenté pour la premiere fois sur le Théâtre de l'Opera-Comique de la Foire saint Germain, le 20 Mars 1759.*

Fungar vice cotis, acutum
Reddere quæ ferrum valet, exsors ipsa secandi :
Munus & officium, nil scribens, ipse docebo.

Hor. Art. Poet.

*(Par l'abbé de Voisenon.)*

Le prix est de 24 sols avec la Musique.

A PARIS,

Chez DUCHESNE, Libraire, rue S. Jacques,
au-dessous de la Fontaine S. Benoît,
au Temple du Goût.

M. DCC. LIX.

*Avec Approbation & Privilége du Roi.*

# ACTEURS.

| | |
|---|---|
| Mʀ. CLIQUETTE, | M. Bourette. |
| APOLLON, | M. Clerval. |
| LA PARODIE, | Mlle. Luzi. |
| TOUTABAS, | M. La Ruette. |
| HYPERMNESTRE, | Mlle. Deschamps. |
| ZARÈS, *Grand-Prêtre*, | M. de Beauchamp. |
| MELITE, | Mlle. Prudhomme. |
| PIRAME, | M. Bourette. |
| LE PLEUREUR, | M. Odinot. |
| PIERROT, | M. Paran. |
| L'HYMEN. | |
| L'AMOUR. | |

UN ARLEQUIN,  
UN PIERROT, } *suite de la Parodie.*  
UN POLICHINELLE.  
SUITE D'APOLLON.  
AUTEURS.

DIFFERENS PERSONNAGES DES BOULEVARDS.

*La Scene est dans un vallon, au pied du Parnasse.*

# LA PARODIE
## AU PARNASSE,
### OPERA-COMIQUE.

---

## SCENE PREMIERE.

APOLLON, LA PARODIE,
*enchaînée avec sa suite dans le fond du Théâtre.*

*Plusieurs Auteurs endormis sur leurs Ouvrages.*

### APOLLON.

OYONS un peu si nos Auteurs travaillent. Cette année n'a pas été heureuse en nouveautés, à l'exception d'Hypermnestre, de la Nouvelle Ecole des Femmes, & de....

A ij

4 *LA PARODIE AU PARNASSE,*
mais que vois-je ? Ciel ! tous mes Poëtes
font endormis. Oh ! je ne m'en étonne
pas ; la Parodie eft enchaînée.

( A   LA   SUITE.)

Air : *Il n'eft pire eau que l'eau qui dort.*

> Brifez fes fers ; Apollon lui fait grace.
> Brifez fes fers ; trop de calme vous nuit.
> Elle ne peut qu'allarmer le Parnaffe,
> Et fon filence le détruit.

Air : *Pour faire honneur à la nôce.*

> Son innocent badinage
> A toujours prouvé le fuccès.
> Qu'elle exerce fur vous fes traits ;
> Son mépris feroit un outrage.
> Son innocent badinage
> A toujours prouvé le fuccès.

(On déchaîne la Parodie ; les Auteurs fe<br>réveillent & fuyent.)

LA PARODIE.

O fublime Apollon ! quoi ! c'eft vous
qui me délivrez ?

APOLLON.

Que viens-tu faire au Parnaffe ?

LA PARODIE.

Hélas ! Seigneur , je venois chercher
matiere à m'exercer ; vous fçavez que je
fuis comme les Médecins : quoique les
intentions de ces Meffieurs foient les

meilleurs du monde, & qu'ils ayent pour
but la guérison, cependant ils ne vivent
que des infirmités de leurs malades.

APOLLON.

Pourquoi as-tu quitté le Théâtre Italien?

LA PARODIE.

Je commençois très-fort à m'ennuyer
là ; on ne m'y nourissoit plus que de sucre
& de miel.

Air : *Je suis la fleur des garçons du village.*

Pour ménager Messieurs les virtuoses,
On me gênoit mal à propos.

APOLLON.

Anacréon * te couronnoit de roses.

LA PARODIE.

Non, Seigneur, c'étoit de pavots.

Air :

Les traits piquants de la saillie
S'enrouilloient là dans le repos.
Des Héros d'une bergerie **
J'avois les airs & les propos.
Enfin, sur le ton des nigauds,

---

* *Anacréon*, Piece en Vaudevilles, représentée sur le
Théâtre Italien avec un succès médiocre, mais qui en auroit
eu davantage, si elle n'eut pas été annoncée sous le titre de
PARODIE. On y trouve des couplets qu'Anacréon lui même
ne défavoueroit point.

** *Les Amours champêtres*, jolie Pastorale dont la réussite
a fait oublier le genre de la Parodie.

La Parodie
Debitoit, au lieu de bons mots,
Des Madrigaux.

### APOLLON.

Tu seras ici dans ton élément ; je vais
te donner de l'emploi.

### LA PARODIE.

A moi, Seigneur !

### APOLLON.

A toi même. Tous les êtres differens
qui ont paru depuis quelque temps sur
les Théâtres de Paris vont se présenter
pour entrer au Parnasse : ne laisse passer
que ceux qui en seront dignes.

Air : *Iris est plus charmante.*

Critique sans réserve
Toute insipide verve
Rimant malgré Minerve
Et qui nous assoupit.
Fronde le goût moderne ;
Berne
Tel qui suit la lanterne
Terne
D'un certain faux esprit,
Qui moins éclaire qu'il n'éblouit.

### LA PARODIE.

Mais Seigneur......

APOLLON.

Je te l'ordonne ; ne fais grace qu'aux ouvrages qui le méritent.

Air : *Bouchez, Nayades, vos fontaines.*

Ferme à tout autre la barriere.

LA PARODIE.

Il me faudroit votre lumiere.

APOLLON.

Le goût du Public est plus pur :
Il est juge né des Spectacles ;
Si tu suis un guide si sûr,
Tes leçons feront des Oracles.

LA PARODIE.

Je ne ferai donc que répéter les jugemens du Public.

APOLLON.

Oui , mais prends garde de te livrer trop à ton humeur mordante , & souviens-toi des leçons que voici :

Air : *Vous boudez.*

Sans humeur,
Sans aigreur,
La critique
Sçait relever les défauts ;
Le sel de ses bons mots
Réveille sans qu'il pique.
L'enjouement,
L'agrément
Est son stile.
Corrigez en amusant ,
Et soyez moins plaisant

Qu'utile.
Que le trait de l'Epigramme
Frappe l'efprit, jamais l'ame.
Epargnez,
Eloignez
La Satyre.
Zoïle vain & moqueur,
En dégradant fon cœur,
Fait rire.
Un Cenfeur
Sans noirceur
Encourage,
S'intéreffe à nos progrès,
Ne critique jamais
Que pour notre avantage.
Son fecours
Eft toujours
Néceffaire,
Et l'éclat de fon flambeau,
Loin d'offufquer le beau,
L'éclaire.

Adieu. (*Il fort.*)

---

# SCENE II.

## LA PARODIE *feule.*

ME voilà donc érigée en Suiffe du Parnaffe.

Air : *Ah ! vraiment , je m'y connois bien.*

Hélas ! je ne sçais comment faire :
A bien des gens je vais déplaire ;
Tous les Auteurs font pointilleux :
L'amour propre est chatouilleux.

Quel est cet homme qui marche en cadence ; c'est sans doute un Musicien.

---

# SCENE III.

## M. CLIQUETTE , LA PARODIE.

M. CLIQUETTE , *marchant en cadence , &*
*chancelant des deux côtés.*

Air : *Qu'un mari soit pulmonique.*

OUI je suis pour le Lyrique ,
Noble Muse ; je fabrique
Un ouvrage pour l'Opera , la la ;
Tilari , lariron , lironfa , fa fa ,
Tilari ; lariron , lironfa ;
C'est une Tragédie ,
Et qui doit être applaudie.
A tout moment on y dansera , la la ,
Tilari , lariron , liron , fa fa fa ,
Tilari ; lariron , liron fa.

LA PARODIE.

Doucement , doucement , prenez garde
de tomber.

M. CLIQUETTE.

Oh ! il n'y a pas de risque ; j'ai dans la tête deux bons contrepoids.

LA PARODIE.

Qu'est-ce que c'est ?

M. CLIQUETTE.

De ce côté, c'est de la Musique Fran-çoise, un peu lourde à la vérité ; de l'au-tre, de la Musique Italienne, fort légere, mais bien chargée de notes ; cela fait l'équilibre.

LA PARODIE.

Comment ! Est-ce que vous prétendez faire usage de cette Musique Italienne ?

M. CLIQUETTE,

Eh ! mais, par ci, par là. Elle fait son effet, mêlée artistement avec la nôtre & sans que cela paroisse ; mais dans les Ariettes & les Ballets seulement.

LA PARODIE.

A la bonne heure.

M. CLIQUETTE.

Oh ! Madame, je sçais les regles.

Air : *Joconde retourné.*

L'Opera n'admet aujourd'hui
Que Musique Françoise ;

Oui, dût-on expirer d'ennui,
Il faut bien qu'elle plaise ;
Car il est sagement écrit,
Et par gens respectables,
Que personne n'aura d'esprit ,
Que nous & nos semblables.

Toute ma musique est déjà faite , & je viens chercher ici un Poëte pour ajuster dessus des paroles à ma fantaisie.

LA PARODIE.

A votre fantaisie ; mais connoissez-vous la conduite d'un Poëme.

M. CLIQUETTE.

Parfaitement.

Air : *Paris est au Roi.*

Quiconque voudra
Faire un Opera ,
Ne choisisse à présent
Qu'un titre imposant ;
Les Auteurs adroits
Placeront avec choix ,
Tous ces lieux communs froids
Qu'on a dit cent fois.
Qu'on s'escrime
Sur la rime.
Tous les Opéra nouveaux
Se bâtissent ;
Réussissent
Avec trente mots
Mis à tout propos.
Quiconque voudra

Faire un Opera ,
Emprunte au noir Pluton
Son peuple démon ;
Qu'il tire des cieux
Une couple de Dieux ;
Qu'il y joigne un héros
Tendre jusqu'aux os.
Lardez votre sujet
D'un éternel Ballet ;
Amenez, au milieu d'une fête,
La tempête,
Une bête
Que quelqu'un tuera,
Dès qu'il la verra.
Quiconque voudra
Faire un Opera,
Fuira de la raison.
Le triste poison ;
Il fera chanter,
Concerter & sauter ;
Et puis le reste ira
Tout comme il pourra.

### LA PARODIE.

Bravo, bravo ; voilà de la besogne que vous me préparez ; tenez, prenez à main gauche, vous trouverez sous cette allée de lauriers secs, des Poëtes qui de leur côté cherchent des Musiciens.

# SCENE IV.

## TOUTABAS, LA PARODIE.

TOUTABAS, *dans la coulisse.*

AH! tête! ventre mort!

LA PARODIE.

Qu'entens-je ? Ah! quel homme rébar-
batif.

TOUTABAS.

Où est la Parodie, où est elle ?

LA PARODIE.

Que lui voulez-vous ?

TOUTABAS.

Comment, ce que je lui veux ! ce que
je lui veux ! la question est plaisante ? Ce
que je lui veux ! l'écraser, l'anéantir.

LA PARODIE, *à part.*

Je me garderai bien de lui dire que
c'est moi.

TOUTABAS.

Répondez, répondez donc.

LA PARODIE.

Mais, Monsieur, que vous a-t-elle fait ?

TOUTABAS.

Comment! cor....bleu! ce qu'elle m'a

fait ! rien ; mais je veux la prévenir. Apprenez que je suis Auteur.

LA PARODIE.

Je ne m'en serois pas douté.

TOUTABAS.

Que je m'appelle Toutabas.

LA PARODIE.

Voilà un nom significatif.

TOUTABAS.

Que je vais donner une Comédie.

LA PARODIE.

Je m'en réjouis d'avance.

TOUTABAS.

Air : *Filles qui passez par ici.*
Je m'attends bien que l'on voudra
Analyser mon drame ;
Mais pour riposter à cela,
(*Il met l'épée à la main.*)
Voilà mon Epigramme ;
Voilà ,
Voilà mon Epigramme.
( *Il pousse des bottes à droite & à gauche.*)
Ah ! titata, ah !

LA PARODIE.

Miséricorde ! *Turlututu rengaine , rengaine , rengaine.* Allez , rassurez - vous ,
M. Toutabas , je suis sure que la Parodie
respectera vos ouvrages.

TOUTABAS.

A la bonne heure : en ce cas je la protege ; qu'elle dechire, qu'elle mette en lambeaux ceux des autres, mes troupes l'aideront.

### LA PARODIE.

Qu'eft-ce que c'eft que vos troupes ?

### TOUTABAS.

Six cens Volontaires qui décident à mon gré du fort des Pieces de Théâtre, & qui foutiendront les miennes à la pointe de l'épée. Adieu, je vous avertis que je tue tous ceux qui auront la hardieffe de les trouver mauvaifes.

### LA PARODIE.

Ah ! je frémis du fang que vous allez verfer.

# SCENE V.

## LA PARODIE, LE GRAND-PRETRE
### de Mélezinde.

### LA PARODIE.

QUe vient chercher ici cet homme qui fe guinde ?

### LE GRAND-PRÊTRE.

Madame, vous voyez l'époux de Mélezinde.

### LA PARODIE.

Je ne vous connois pas.

### LE GRAND-PRÊTRE.

Chacun en dit autant.

Daignez nous arracher à la nuit du néant.
Bien souvent la Critique & même la Satire
Fait connoître un ouvrage & sert au lieu de nuire ;
Pour nous rendre le jour je viens vous supplier
De nous faire l'honneur de nous parodier.

### LA PARODIE.

Voyons quels sont vos titres pour cela.

### LE GRAND-PRÊTRE.

Tous mes vers sont marqués au coin des plus
     grands Maîtres, *
J'apostrophe. . . . . . . . . . . .
C'est par des traits hardis qu'on parvient aux succès.

### LA PARODIE.

Ah ! ah ! vous pillez les François.

### LE GRAND-PRÊTRE.

Air : *Ça n'vous va brin.*

J'expose un sujet pathétique
Sur le Théâtre Italien,
Traité dans le plus grand tragique.

### LA PARODIE.

Ah ! que l'on doit le rendre bien !
Figurez-vous sur des échasses

---

* On a trouvé Melezinde très-bien versifiée ; c'est dommage qu'on ait mis une riche broderie sur un mauvais
canevas.

Un nain qui se donne des graces.
Du Tragique chez Arlequin !
Mais ça n'lui va brin,
Ça n'lui va brin.

### LE GRAND-PRÊTRE.

Le sublime est partout, il subjugue, il entraîne,
Et d'un bel intérêt vous allez voir la chaîne :
Epoux de Mélezinde, Amant plutôt qu'Epoux,
Sans raison, je me livre à des transports jaloux,
Je dis que je suis mort, & par fermeté d'ame
Je veux, pour l'éprouver, faire bruler ma femme.

### LA PARODIE.

Ah ! le monstre ! mettre à cette épreuve
la fidelité posthume d'une jolie femme !
je ne m'étonne point si vous n'avez pas
réüssi ; vous ne deviez pas faire fortune
en France.

### LE GRAND-PRÊTRE.

Il n'en faut accuser que mes Comédiens,
Trop foibles pour le grand , ils soutiennent des
riens.

### LA PARODIE.

Ils ont tort.

### LE GRAND-PRÊTRE.

Air : *Réveillez-vous , belle endormie.*

Il faut qu'un Auteur ne leur forge

B

Que Clinquant & Colifichet. *
Ces Acteurs m'ont coupé la gorge.
### LA PARODIE.
Ils vous ont sauvé le fiflet.

Allez, Monfieur le Héros de nouvelle fabrique ; aucun de vos perfonnages n'eft dans la nature. Ce font des êtres de raifon trop admirables pour que j'ofe les attaquer. **

### LE GRAND-PRÊTRE.

Que je fuis malheureux ! perfonne ne m'eftime affez pour dire du mal de moi.

*(Il fort.)*

# SCENE VI.

## LA PARODIE, HYPERMNESTRE.

HYPERMNESTRE, *avec un poignard & une lumiere.*

CIEL ! ô ciel ! Dieux ! ô Dieux ! ô mon Pere, ô Lyncée.
### LA PARODIE.
O d'exclamations quelle foule entaffée !

---

* La Soirée des Boulevards, les Pieces en Vaudevilles & Ariettes, &c.
** *Fact à voluptatis caufi, fint proxima veris.*

HYPERMNESTRE.

Une table, un fauteuil.

LA PARODIE.

Pourquoi faire ?

HYPERMNESTRE.

Un tableau.

LA PARODIE.

Ah ! vous avez raifon, voilà du grand, du beau.

HYPERMNESTRE.

Je n'avois pas befoin des fecours du fpectacle ;
Mais il en faut au peuple, il a crié miracle,
Par un éclat trompeur, il aime à s'aveugler,
Et pour le fubjuguer il faut lui reffembler.

LA PARODIE.

C'eft bien dit; mais que cherchez-vous
avec cette lumiere ?

Air : *M. l'Abbé, où allez-vous ?*
Belle Princeffe, où allez-vous ?

HYPERMNESTRE.

Crainte de me caffer le cou,
J'ai pris cette chandelle.

LA PARODIE.

Fort bien,
Cela vous rend plus belle.

HYPERMNESTRE.

Je m'en trouve bien.
J'aurois pû fans cela faire quelque faux pas.

LA PARODIE.

Qui vous amene ici ?

HYPERMNESTRE.

Je viens fur le Parnaffe,

B ij

A côté d'Apollon demander une place.
Que l'on m'annonce : quoi ! Je vous vois balancer !
Je vais m'évanouir pour vous intereffer.

LA PARODIE.

Ce n'eft pas la peine.

HYPERMNESTRE.

Il faut donc fimplement vous conter mon hiftoire.

LA PARODIE.

Eh ! qui ne connoit point Hypermneftre ?

Air : *Jean danfe mieux que Pierre.*

Son pere a cinquante filles,
Son oncle a cinquante fils :
Rarement dans les familles
On voit des parens unis ;
Mais votre oncle Egyptus,
Pour vivre en bons amis,
Propofe à Danaüs
De donner pour maris
A fes cinquante filles
Tous fes cinquante fils.

Ah ! que j'aime Lyncée entouré de foldats,
Qui vient à Danaüs, avec un air honnête,
Donner le choix de figner les contrats,
Ou de fouffrir qu'on lui coupe la tête.

HYPERMNESTRE.

Rien n'eft plus engageant ; mais, de grace, écoutez.

LA PARODIE.

Oh ! les détails nous meneroient trop loin.

Voici en gros ce qui m'a frappée.
Air : *L'insulaire.*
Lyncée a fait une imprudence,
Danaus en a profité.
#### HYPERMNESTRE.
Mais, Madame....
#### LA PARODIE.
Le Roi fait une manigance
Pour égorger sa parenté.
#### HYPERMNESTRE.
Permettez-moi....
#### LA PARODIE.
Erox, malgré la vraisemblance,
Fait un récit où brille l'art.
#### HYPERMNESTRE.
Ne puis-je....
#### LA PARODIE.
Cherchant Lyncée
De toute part,
Fort empressée
Et l'œil hagard,
Voyez ! vous avancez, l'aplaudissement part.
Une nuit, une table, une lampe, un poignard,
Dans vos deux Scenes d'importance
Du succès font au moins le quart.
#### HYPERMNESTRE.
Madame, en vérité....
#### LA PARODIE.
Air : *O reguingué.*
Le Roi vient avec des flambeaux,
Cela fait encor des tableaux.

HYPERMNESTRE.
Ce troisiéme Acte est des plus beaux.

LA PARODIE.
De peur que le reste ne traîne,
Passons à la derniere Scene.

HYPERMNESTRE.
Ah ! c'est où je triomphe ; on m'amene enchaînée :
Lyncée arrive, & mon pere à l'instant
Le voyant secondé d'une troupe effrénée
Tient un poignard levé sur mon sein palpitant.

*Air : Daphnis m'aimoit.*
D'effroi tous les sens sont glacés,
Nous demeurons en attitude.

LA PARODIE.
Comme des modeles placés
Dont un Peintre fait une étude :
On fait du bruit, admirez l'art,
Danaüs tourne la tête, & zeste,
On escamote le poignard ;
Mais si prestement,
Lestement, joliment,
Et si gaiment,
Que cela plaît infiniment.

*Air : Quoi ! Monsieur, ne doit-on pas aimer tout le
monde ?*
Pour charmer voilà des droits.

HYPERMNESTRE.
Parlez vous sans feindre ?

PA PARODIE.
Oui.
Chacun a dit, d'une voix,
C'est une piece à peindre ;

Elle est faite à peindre.
#### HYPERMNESTRE.
Air : *Tes beaux yeux ma Nicole.*
On y voit du génie,
De l'art, du sentiment, *
Des vers pleins d'harmonie,
Un joli dénouement,
Son spectacle en impose.
#### LA PARODIE.
Elle a vraiment, elle a
Encor bien autre chose
Qui surpasse cela.
Air : *Tircis plein d'amour pour Climene.*
C'est une Actrice inimitable,
A qui rien ne fut comparable.
Que d'ame, quel talent, quel feu !
Pour éterniser un ouvrage,
En vérité, c'est bien dommage
Qu'on ne puisse imprimer son jeu.
#### HYPERMNESTRE.
Vous êtes donc contente ?
#### LA PARODIE.
Dans l'enthousiasme. Holà ! Pantomime, introduisez Hypermnestre au Parnasse. ( *à Hypermnestre.* ) Vous lui avez trop d'obligation, Princesse, pour refuser cette accolade.

( La Pantomime conduit Hypermnestre au Parnasse. )

---

* A quelques légers défauts près, cette Piece est une des meilleurs Tragédies que l'on ait vues depuis longtemps. *Verum ubi plura nitent in carmine, non ego paucis offendar maculis.*

B iv

# SCENE VII.

## LA PARODIE, MELITE.

*MELITE, entre en danſant.*

TA, la, la, la.

### LA PARODIE.

Quelle eſt cette gentille perſonne qui s'annonce ſi gaiment ?

*( MELITE danſe.)*

### LA PARODIE.

Allons, courage, elle m'inſpire de la gaité.

*( Elle danſe avec MELITE.)*

Ah ! l'aimable petite folle !

MELITE *chante.* Noté.

Oui, c'eſt la Folie
    Jolie
    Qui lie
L'Amour à ſon char.
Enjouement, adreſſe,
    Tendreſſe,
    Careſſe,
Voilà tout notre art.
Les jours du bel âge
    Sont courts,
Si l'on n'en ménage

Le cours.
L'Amour fuit la gêne,
On n'a d'autre chaîne
Pour le retenir,
Que les nœuds du plaisir.

Oui, c'est la Folie, &c.

LA PARODIE.

Elle est charmante : apprenez-moi donc qui vous êtes.

MELITE.

Vous ne me reconnoissez pas ; je suis l'Ecoliere de Laure.

LA PARODIE.

Quoi ! cette plaintive Epouse de l'Ecole des Femmes.

MELITE.

Moi-même.

LA PARODIE.

Vous avez bien profité des leçons qu'on y donne ; car vous aviez d'abord un fond de tristesse.

MELITE.

C'est la vérité.

Air : *A la santé de la Folie.*
Au premier Acte languissante,
Dans le second intéressante.

LA PARODIE.

Dans le troisiéme extravagante.

MELITE.

Qu'on en dise ce qu'on voudra ;

Mais chacun me trouve charmante
En Danseuse d'Opera.

### LA PARODIE.

Oui, voilà de ces coups de Maître qui surprennent toujours.

### MELITE.

Revenons à notre second Acte, n'est-ce pas un chef-d'œuvre ?

### LA PARODIE.

J'en conviens.

### MELITE.

C'est-là que l'aimable Laure, cette coquette vertueuse, dont la conduite est équivoque & respectable, apprend aux femmes à se garantir des infidélités de leurs maris.

### LA PARODIE.

Voilà un beau secret.

### MELITE.

Et cela par la Danse, la Musique, de petits soins, des complaisances mêlées avec des nuances de caprice & d'inégalités, en un mot par le manége de la plus fine coquetterie.

### LA PARODIE.

Elle devoit avoir de la pratique.

### MELITE.

Je vous en réponds.

## LA PARODIE.

*Air : Du Cap de bonne espérance.*

Laure parle comme un Ange,
Sçait la musique à ravir ;
Adroitement elle arrange
La morale & le plaisir.
On lui passe sa conduite ;
Mais son plus rare mérite
Est d'employer à propos
L'esprit de Ninon l'Enclos.

### MELITE.

Et voilà ce qui a fait notre réputation, c'est à ce titre que je vous demande l'entrée au Parnasse.

### LA PARODIE.

Doucement : ce n'est pas assez d'un second Acte pour mériter cet avantage. Comment vous tirez-vous du troisiéme ?

### MELITE.

Comment ! venez, Hymen, venez, Amour, unissez-vous en ma faveur, ta, la, la, la, la.

*( Elle danse.)*

*( Pas de Mélite, de l'Hymen, & de l'A-*
*mour. La Parodie danse aussi avec*
*eux, & pendant qu'elle a le dos tourné,*
*Mélite franchit la barriere du Parnasse.*

### LA PARODIE.

Comment ! comment ! elle entre au Parnasse sans permission ! Puisque l'y voilà, qu'elle y reste, mais sans tirer à conséquence.

# SCENE VIII.

## LA PARODIE, PIRAME *en Bourgeois.*

### PIRAME.

Air : *Je ne veux plus sortir de mon caveau.*

Entre vos mains je viens mettre mes droits.
Je suis Pirame, ah ! vengez mon injure.

### LA PARODIE.

Vaillant héros, est-ce vous que je vois ?

### PIRAME.

Qui, moi héros ! je suis simple bourgeois.
J'ai pris l'habit que j'avois autrefois,
Et j'ai quitté cette folle parure,
Dont l'Opéra me fagotte à son gré.
Chez lui je suis défiguré.

Air : *De quoi vous plaignez-vous ?*
Vous devés contre lui
Me consacrer votre plume,
Vous devés contre lui
Me prêter votre appui.
J'ai le cœur gros d'amertume :
Il me traite à contretemps,
Tout comme il a coutume
De traiter le bon sens.

### LA PARODIE.

Vous vous plaignez à tort ; premiere-

ment, il vous annoblit & vous fait def-
cendre, en dépit de la vraifemblance, des
Rois de Babilone.

PIRAME.

Air : *Oh ! vraiment je m'y connois bien.*
Bon ! bon ! il ne m'importe guere ;
C'eft pour m'envoyer à la guerre,
Où je n'ai de mes jours été.
J'aime trop ma tranquillité.

LA PARODIE.

Mais à votre retour Ninus vous donne
généreufement le Royaume que vous lui
avez conquis.

PIRAME.

Air : *Tant de valeur & tant de charmes.*

Vous ne fçavez pas fa fineffe ;
C'eft pour me jetter fur les bras
Une femme dont il eft las,
Et pour me ravir ma maitreffe.

Air : *Si le Roi m'avoit donné Paris fa grand' ville.*

Vous jugez que ce projet
Doit fort m'interdire.

LA PARODIE.

Moi, je lui dirois tout net,
Tenez, Monfieur Sire,
Ayez plus de loyauté,
Gardez votre Royauté,
J'aime mieux ma mi' Thisbé,
J'aime mieux ma mie.

#### PIRAME.

Vertu-chou ! je n'ai garde ; Ninus est un étourdi qui n'entend ni rime, ni raison.

#### LA PARODIE.

Que lui répondez-vous donc ?

#### PIRAME.

Rien.

#### LA PARODIE.

Et Thisbé ?

#### PIRAME.

Encore moins.

#### LA PARODIE.

Zoraïde ?

#### PIRAME.

Elle gâte tout ; hélas ! c'est en vain que cette Amante rebutée vient étaler au Roi ses tendres douleurs.

Air : *Les Trembleurs.*

Elle jure, elle tempête,
Sa fureur trouble la fête
Que pour Thisbé l'on apprête ;
Ninus piqué de cela,
Brusquement l'envoye au Diable,
D'impolitesses l'accable ;
Zoraïde inconsolable
Va s'en plaindre à son papa.

#### LA PARODIE.

Gare, gare, son Pere va la venger.

PIRAME.

Point du tout.

LA PARODIE.

Comment !

Air : *Un jour le bon Pere Abraham.*
Ne vient-on pas à son secours ?

PIRAME.

Son papa Zoroastre ,
Pour la servir dans ses amours ,
Exprès tombe d'un astre ;
Mais ce sorcier trop mal-adroit ,
Sans parvenir à ce qu'il croit ,
Excite un grand desastre.

LA PARODIE.

Air : *Carillon de Melusine.*
Soyez un peu plus circonspect ;
De lui parlez avec respect :
C'est lui qui , par l'effet d'un pacte ,
Vous délivre au quatriéme Acte
Des horreurs d'une prison
Où le Roi vous mit sans raison.

PIRAME.

Oui , ma foi , c'est un habile homme !

Air : *Le masque tombe.*
D'abord l'enfer exécute une fête ,
Puis le Sorcier qui s'y prend comme un sot ,
Pour me tirer du sein de mon cachot ,
Me fait tomber la prison sur la tête.

Air : *De la besogne.*
Ne pouvoit-il pas sans cela
Avec Thisbé , bien loin de là ,

Dans quelque féjour agréable
Me faire emporter par le Diable ?
Air : *Des pendus.*
Avec fon Monftre de carton
Il défole tout le canton ;
Il protége mon innocence :
Le Roi mérite fa vengeance ;
Mais il n'épargne que le Roi,
Tout le guignon tombe fur moi.

### LA PARODIE.

Votre mauvaife humeur eft trop forte contre l'Opéra, il n'eft pas blâmable en tout.

Air : *Menuet de Pirame.* Noté.
Dans fes Balets
Le goût l'infpire,
Surtout on admire
Celui de Cérès.
Chaque fête,
D'avance prête,
Selon les befoins
Vient lorfqu'on l'attend le moins.

Contez - vous encore pour rien votre charmante Actrice ? Allez, allez, vous êtes un Ingrat, fi vous méconnoiffez que vous lui avez obligation de votre fuccès.

Air : *Toute la nuit je fuis gelée.*
Que Thisbé me paroît aimable,
Elle intéreffe, elle attendrit,
O fimplicité défirable !
Qui plaît au cœur, plaît à l'efprit.

PIRAME.

PIRAME.

Il est vrai.

AIR : *La beauté, la rareté.*

La vérité, le goût, la grace naturelle,
La beauté,
Sans le secours de l'art ont formé ce modele ;
La rareté !
On la voit chaque jour, chaque jour renouvelle
La curiosité.

LA PARODIE.

Allez, mon Ami, vous êtes plus heu=
reux que sage. Si vous n'êtes pas content,
je vous recommanderai aux Italiens.

PIRAME.

Aux Italiens. Ah ! c'est encor pis ; je me
sauve, je me sauve.

---

# SCENE IX.

## LA PARODIE, LE JURÉ PLEUREUR, *en grande robe de deuil, un mouchoir à la main.*

### LA PARODIE.

AIR : *Ah ! le drôle d'esprit !* De la Fausse Ridicule.

QUEL est ce personnage ?
LE PLEUREUR.
Oh ! oh ! oh ! oh ! oh ! ah ! ah ! ah ! ah ! ah !

C

LA PARODIE.

Il eſt d'un noir préſage.

LE PLEUREUR.

Hélas ! mourir ſitôt !
Oh ! oh ! oh ! oh ! oh ! ah ! ah ! ah ! ah ! ah !

LA PARODIE.

Que veut dire cela ?

LE PLEUREUR.

Ah ! ah !

LA PARODIE.

Que veut dire cela ?

Que demandez-vous , Monſieur de la triſte figure ?

LE PLEUREUR.

Madame , je ſuis Juré Pleureur du Parnaſſe.

LA PARODIE.

Qu'eſt-ce que c'eſt que Juré Pleureur du Parnaſſe.

LE PLEUREUR.

C'eſt moi qui ſuis chargé de pleurer la mort de toutes les Piéces de Théâtre , & d'en faire l'oraiſon funébre.

LA PARODIE.

Vous devez avoir de l'occupation.

LE PLEUREUR.

Je n'en manque pas ; depuis longtems il regne dans l'air une contagion de mauvais goût qui cauſe des maladies épidémiques dont les ouvrages modernes ont bien de la peine à ſe garantir.

LA PARODIE.

Faites-nous part de votre Nécrologe.

LE PLEUREUR.

*Infandum, Regina, jubes renovare dolorem.*

Premierement, Madame.

AIR : *Nous sommes Précepteurs d'amour.*

J'ai pleuré la Reine Aftarbé
Morte d'une fievre maligne ;
La premiere elle a fuccombé :
D'un meilleur fort elle étoit digne.

LA PARODIE.

AIR : *Si ma fille vient en vendange.*

Elle n'étoit pas fans mérite,
Et promettoit beaucoup.

LE PLEUREUR.

Hélas !

Tout le monde difoit : cette pauvre petite
A trop d'efprit, elle ne vivra pas.
(*Il tire un autre mouchoir.*)

Hi, hi, hi.

LA PARODIE.

Eh ! que pleurez-vous à préfent ?

LE PLEUREUR.

AIR : *Baife moi donc, me difoit Blaife.*

Je pleure une piéce charmante,
Madame c'eft...c'eft l'épreuve imprudente ;
Hélas ! rien n'a pû la fauver.
C'étoit le plus doux caractere.

LA PARODIE.

Mais que vouloit-on éprouver ?

### LE PLEUREUR.

La patience du Parterre.
(*Il tire encor un mouchoir, & répete ce lazzi à cha-*
*que Piece dont il parle.*)
Hé, hé, hé.

### LA PARODIE.

Voilà un ton différent, qu'est-ce qu'il
nous annonce ?

### LE PLEUREUR.

Les noms changés ou la méprise, jolie
Comédie morte d'un quiproquo d'Apo-
thicaire.

### LA PARODIE.

AIR : *L'occasion fait le larron.*
Du vrai comique avec cette méprise,
On prétendoit reparer tout l'honneur.

### LE PLEUREUR.

Mais on n'a vû, malgré cette entreprise,
Que la méprise de l'Auteur.

### LA PARODIE.

Il a du moins rempli son titre.

### LE PLEUREUR.

AIR : *Eh! zing, zing, zing, Madame la Mariée.*
Uuuu! ooooo! iiii! eeeee! ah! ah! ah!

### LA PARODIE.

Que pleurez-vous là ?

### LE PLEUREUR.

L'Opéra.
(*Il fait comme s'il accompagnoit de la basse.*)
Bron, bron, bron, bron.

**LA PARODIE.**

Ah ! je m'en doutois.

**LE PLEUREUR.**

Air : *Dans le fleuve d'oubli, beribi, je veux boire.*

C'eſt des fêtes d'Euterpe
Le diſcordant trio, o o o !

**LA PARODIE.**

On a fait à la Serpe
Cet Opera nouveau, o o o !

**LE PLEUREUR.**

La Sybile eſt morte étique,
La Coquette d'ennui,
Arethuſe hydropique,
Hydropi....
I i i ique.

( *Il fait comme s'il accompagnoit de la baſſe.*)
Bron, bron, bron, bron.

**LA PARODIE.**

Encore.

**LE PLEUREUR.**

Air : *Déſerts écartés, ſombres lieux.* Monologue
de Cérès.

( *Il imite Mlle. Chevalier.*)

Tu meurs, Proſerpine, ah ! grands Dieux !
Reçois nos ſoupirs & nos larmes :
Pirame efface tous tes charmes ;
Mais ce héros en vaut-il mieux ?
Tu meurs, &c.

( *Il pleure ridiculement ſur le prélude de
Maman s'en va donc.* )

Titou, tititou, titou, ta, tititou.

### LA PARODIE.

Voici un autre ton : mais il me semble que vous changez souvent de mouchoir, en voilà un bien petit.

### LE PLEUREUR.

C'est celui de Petrine, telle piéce, tel mouchoir.

(*Il imite Madame Favart.*)

Maman s'en va donc !
Je n'y pourrai survivre ;
Je vais la suivre.
Mais, mais, mais, maman s'en va donc !
J'ai l'cœur comme un glaçon.

### LA PARODIE.

Ah ! finissez donc, vous glacez aussi le mien. Mais que signifie ce grand mouchoir ?

### LE PLEUREUR.

C'est celui de Titus.

### LA PARODIE.

Il ne finit point.

### LE PLEUREUR, *déclamant.*

Pleurez, mes yeux, pleurez, & fondez-vous en eau,
Titus est descendu dans la nuit du tombeau.
On en esperoit tant, hélas ! quel fort étrange !
„ Il est des cœurs de fer & des ames de fange,
Qui, loin de le pleurer, ont ri de son malheur,
Sans respect, sans égard pour ce pauvre Empereur ;
J'ai vû des Conjurés jaloux de son mérite
Le frapper.... je l'ai vû tomber de mort subite.

,, Hélas ! ôter la vie eft un plaifir cruel ;
,, Mais la donner , grands Dieux ! ... eft bien plus
    ,, naturel.
Il avoit des défauts ; mais il avoit l'adreffe
,, D'unir tant de grandeur avec tant de baffeffe ;
Il étoit fi bon homme .... ô regrets fuperflus !
,, Titus perdit un jour , un jour perdit Titus.

---

## SCENE X.

## PIERROT, LA PARODIE, LE PLEUREUR.

### PIERROT.

EH! vîte, & vîte, au fecours.
### LA PARODIE.
Qu'eft-ce qu'il y a ?
### PIERROT.
M. Morofe vient de mourir.
### LE PLEUREUR.
Qu'eft-ce que ce Monfieur Moroze ?
### PIERROT.
Un Officier mélancolique qui s'affichoit fous le nom de l'Ennuyé : au fecours, au fecours.

---

Les vers marqués par des guillemets font de la Tragédie de Titus.

#### LE PLEUREUR.

Butor que tu es, quel secours veux-tu qu'on lui donne, puisqu'il est mort ?

#### PIERROT.

Il est vrai, il n'y a plus d'espérance : hélas ! on a fait tout ce qu'on a pû pour lui prolonger la vie, on a chanté, on a dansé.

#### LA PARODIE.

Ressources inutiles ; ces petits moyens sont usés.

#### LE PLEUREUR.

Oui, cela ne réussit qu'une fois.

#### PIERROT.

Air : *Pour chanter en duo.*

Madame Clorinville, avec son air si drôle,
Malgré tous ses efforts, ne l'a pas égayé,
Et le Public, & le Public dans la Piéce de l'Ennuyé
Jouoit le premier rôle.

*( Pierrot sort.)*

---

# SCENE XI.

## LA PARODIE, LE PLEUREUR.

#### LA PARODIE.

Monsieur le Juré Pleureur, voilà une heureuse occasion pour exercer votre talent Oratoire ; je vous conseille de ne point la laisser échapper.

### LE PLEUREUR.

Je pars, mais permettez que pour faveur derniere
* Je baise cette main si terrible & si chere.

* Vers de Titus.

---

# SCENE XII.

## LA PARODIE, PIERROT.

### LA PARODIE.

D'Où vient ce Tambour?

**PIERROT.**

Notre Maîtresse, c'est une bande joyeuse qui arrive des Boulevarts; il y a des Soldats, des Nouvellistes, des Clercs de Procureurs, des Savoyards, des, des.... que sçais-je moi? Ils ont à leur tête un homme blanc qui enfarine tout le monde, & qui parle un jargon que l'on n'entend pas, biscotimini, biscotiminon.

**LA PARODIE.**

Que demandent-ils?

**PIERROT.**

Air : *Que de souci dans le ménage !*

Ils viennent, en chantant victoire,
Contens & joyeux.

## LA PARODIE.

Comment ! en ces lieux
Ils prétendent donc à la gloire !
Allez dire à tous ces gens-là
De m'attendre à la Foire ;
Allez dire à tous ces gens-là
Que leur place est là.

## PIERROT.

Oh ! je crois qu'ils se rendent justice, ils n'ont aucune prétention ; ils ne veulent que vous donner un Divertissement.

## LA PARODIE.

En ce cas ils peuvent entrer.

## DIVERTISSEMENT.

*Tous les Personnages de la Soirée des Boulevards dansent differentes Entrées qui terminent la Pièce.*

# SCENE

*Retranchée à la Représentation.*

## LA PARODIE, DIOGENE.

### LA PARODIE.

QUELLE figure héteroclite! est-ce un Ours ? est-ce un Homme ? Ah! c'est le Seigneur Diogêne.

### DIOGENE.

Point de Seigneur, Diogêne tout court.

### LA PARODIE.

He ! bien, Diogêne tout court, puis-je sçavoir de vous....

### DIOGENE.

Point de vous, il faut dire toi; toutes les conditions doivent être égales.

### LA PARODIE.

Comme tu voudras; viens tu chercher un homme parmi nos Poëtes modernes ?

### DIOGENE.

Un homme ? non, j'ai renoncé à cette recherche inutile.

### LA PARODIE.

Comment ! depuis le tems tu n'en as pas encor rencontré ?

### DIOGENE.

Aucun.

### LA PARODIE.

J'en trouverois trente par jour, si je voulois.

### DIOGENE.

Oui, qui n'en auroient que l'apparence.

### LA PARODIE.

Je crois m'y connoître aussi bien que toi.

### DIOGENE.

Erreur, on n'a plus que la forme humaine.

### LA PARODIE.

Que je reconnois bien là mon cynique ! à quoi donc te sert cette Lanterne ?

### DIOGENE.

Pour chercher....

LA PARODIE.

Quoi ? la vérité ?

DIOGENE.

Non, des Paradoxes.

LA PARODIE.

C'eft-à-dire, des étoiles en plein midi.

DIOGENE.

AIR : *C'eft au pays de Cocagne.*

Renverfer les loix & les maximes
De toute focieté,
Aux beaux arts imputer tous les crimes,
Dégrader l'humanité ;
Des Iroquois préconifer la vie,
Confondre les états & les rangs,
Etouffer les talens,
Voilà ma Philofophie.

LA PARODIE.

Quel en eft le but.

DIOGENE.

De réduire l'homme au pur inftinct,
afin de lui rendre fes vertus primitives.

LA PARODIE.

AIR : *Fille qui paffez par ici.*

Si les dons les plus excellens
Aux vertus peuvent nuire,
Toi qui raffembles les talens,
De toi, que peut-on dire,
De toi, de toi que peut-on dire ?

DIOGENE.

Que je ne les exerce que pour en
faire fentir l'abus & le ridicule.

LA PARODIE.

En ce cas tu réuffis à merveille.

DIOGENE.

Nous avons cela de commun. Il faut que tu me fecondes dans mon projet. Commence par décourager tous les Auteurs.

LA PARODIE.

Ce n'eft pas là mon compte.

DIOGENE.

Que le foufle de la critique, tel qu'un vent du midi, deffeche & brule toutes les fleurs du Permeffe.

LA PARODIE.

Que ce foit plutôt un Zéphir amoureu qui les faffe épanouir, & n'enleve que la pouffiere qui ternit leur émail.

DIOGENE.

Non, non, travaillons de concert; tandis que tu déprimeras tous les chef-d'œuvres dramatiques, de mon côté je compoferai des Comédies & des Opéra.

LA PARODIE.

J'entends, pour en dégouter le public.

DIOGENE.

Tu l'as dit, furtout n'épargne pas les Comédiens, tombe fur eux fans examen, fans exception.

## LA PARODIE.

Oui, & qu'ils rougiffent déformais d'avoir des talens pour amufer & pour inftruire ; mais lorfque nous aurons privé les hommes du plus noble de leurs amu-femens, que veux tu qu'ils faffent ?

### DIOGENE.

Air : *Le tout par nature.*
Boire, fumer, & danfer,
Sans de rien s'embarraffer :
Ainfi l'homme jouira
D'une volupté pure ;
Sans principe il agira,
Le tout par nature.

### LA PARODIE.

Fort bien.

### DIOGENE.

Nous imaginerons des Bals nocturnes, nous y introduirons des Citoyens libres, des Soldats vertueux ; alors on verra les plus honnêtes femmes quitter leurs habitations, pour mêler leurs voix au fon des fifres & des tambours, & verfer le vin à pleine coupe ; alors on verra les enfans fe mocquer de leurs bons vieux papas, & danfer autour d'eux en leur chantant :

Air : *Dansons le nouveau Cotillon.*

Vous avez été comme nous,
Votre tems n'est plus, nous vaudrons mieux que
vous.

## LA PARODIE.

Air : *Je suis Philosophe moi.*

Dans tout cela tu choques la décence,
Dont tu fais une loi ;
Et ton projet est une inconséquence :
On se rira de toi.

## DIOGENE.

Passons, passons sur un peu de licence.
Je suis pour la danse,
Moi,
Je suis pour la danse.

## LA PARODIE.

Crois-moi, Diogéne, va prêcher ta morale chez les Topinamboux, & marche à quatre pattes pour joindre l'exemple aux préceptes.

## DIOGENE.

C'est mon projet ; mais quelqu'un s'avance, songez à remplir mes vuës qui n'ont pour objet que l'avantage de l'Humanité.

## LA PARODIE.

Tu veux dire de ta vanité.

## DIOGENE.

## DIOGENE.

Doucement, c'est insulter la modestie
d'un Philosophe. Adieu.

*( Il sort en chantant & dansant.)*

### REFRAIN.

Passons, passons sur un peu de licence,
Je suis pour la danse
Moi,
Je suis pour la danse.

### LA PARODIE.

L'original, il me fait rire avec sa modestie.

Air : *Si ma Philis vient en vendange.*

Le Soleil qui perce un nuage
Jette un éclat plus vif, plus beau,
L'orgueil philosophique avec un même avantage
Brille à travers les trous de son manteau.

D

N° 1.

SOn in- nocent ba- di- na- ge A tou-
jours prouvé le fuc- cès. Son in- nocent
ba- di- na- ge A tou- jours prouvé
le fuc- cès. Qu'elle é- xerce fur vous fes
traits : Son mé- pris fe- roit un ou- tra- ge,
Son mé- pris fe- roit un ou- tra- ge.

N° 2.
AU premier Ac- te languif- fante,
Dans le fe- cond in- terref- fante.
Dans le troi- fieme ex- tra- va- gante; Qu'on
dife tout ce qu'on vou- dra; Mais cha-
cun me trou- ve char- mante, En Dan-
feufe d'Ope- ra.
N° 3.
ENtre vos mains je viens mettre mes droits

Je suis Pi- rame, ven-gez mon in- ju- re.

Vaillant Hé-ros, est- ce vous que je vois?

Qui, moi, Hé- ros? je suis simple bour-

geois: J'ai pris l'ha-bit que j'a- vois autre-

fois, Et j'ai quit- té cet- te folle pa-

rure, Dont l'Ope- ra me fa- gotte à son

J'AI lû, par ordre de Monfieur le Chancelier *Le Parodie au Parnaffe*, Opera-Comique, & je crois que l'on peut en permettre la repréfentation & l'impreffion. A Paris ce 17. Mars 1759.

CRÉBILLON.

*Le Privilége & l'enrégiftrement fe trouvent au Tome I. du Nouveau Théâtre de la Foire, ou Nouveau Recueil des Pieces repréfentées fur le Théâtre de l'Opera-Comique depuis fon rétabliffement jufqu'à préfent.*

# CATALOGUE DES THÉATRES
*Nouveaux ou nouvellement réimprimés.* 1759.

Œuvres de Piron, 3 vol. *in-12* belles figures, dont les desseins sont de M. Cochin.    9 l.

Œuvres de Boiffi, *in-8°.* 9 vol. nouvelle édition, 36 l.

Œuvres de M. Guyot de Merville, *sous presse.*

De Marivaux, Théâtre Franç. & Ital. *in-12.* 5 vol. 15 l.

Théâtre édifiant, ou Tragédies saintes de M. Ducké. 2 l. 10 ſ.

Théâtre de Fagan, *in-12,* 4 vol. *sous presse.*   12 l.

Théâtre de V***, *in-12.*    3 l.

Théâtre de la Grange, *in-8.*    3 l. 10 ſ.

Théâtre de Romagnesi & Riccoboni, 1 vol. *in-8.* 4 l. 10 ſ.

Théâtre d'Aviée, *in-8.* 1 vol.    3 l. 10 ſ.

Théâtre de Guyot de Merville, *in-8.* 1 vol.   4 l. 10 ſ.

Théâtre de Peffelier, *in-8.* 1 vol.    4 l. 10 ſ.

Théâtre de l'Affichard, *in-8.* 1 vol.    4 l. 10 ſ.

Nouveau Théâtre de Favart, avec toutes les Musiques, 3 vol. *in-8°.*    15 l.

Œuvres de Vadé, ou Recueil des Opera Comiques & Parodies, avec les airs notés, 4 vol. *in-8.* 20 l.

Nouveau Théâtre de la Foire ou Recueil de Pieces qui ont été représentées sur le Théâtre de l'Opera Comique depuis son rétablissement, 4 vol *in-8.* avec les airs notés.    20 l.

Nouveau Théâtre François & Italien, ou Recueil des meilleures Pieces de differens Auteurs, représentées depuis quelques années, 4 vol. *in-8.* 20 l.

Choix de nouvelles Pieces qui ont été représentées aux Théâtres François & Italien depuis quelques années, 6 vol. *in-12.*    18 l.

Le Théâtre d'Apostolo Zeno, traduit de l'Italien, 2 vol. *in-12.* 1758.    5 l.

Théâtre Bourgeois, ou Recueil de Pieces représentées sur des Théâtres particuliers, *in-12,* 3 l.

Théâtre de Campagne, ou les Débauches de l'Esprit, 1 vol. *in-8.*    4 l. 10 ſ.

Les Spectacles de Paris, ou Calendrier Historique & Chronolog. de tous les Théâtres, huitiéme Partie pour 1759. Chaque Partie se vend séparément    1 l. 4 ſ.

## Catalogue de Musiques nouvelles relatives aux Pieces de Théâtres & autres.

L'Amusement des Dames, ou Recueil des Menuets, Contre-Danses, Vaudevilles, Rondes de Table, 10 parties, 1 vol. *in-8*.   12 l.

La Toilette de Vénus dressée par l'Amour, contenant des Menuets, Contre-Danses, Vaudevilles, 10 parties, 1 vol. *in-8*.   12 l.

Le passe-tems agréable & divertissant, Vaudevilles, Rondes de Table, Duo, Brunettes & autres, 10 parties, 1 vol *in-8*.   12 l.

Les Desserts des petits Soupers de Madame de … 10 parties, 1 vol. *in-8*.   12 l.

L'Année Musicale, contenant un Recueil de jolis airs, parodies, en 20 part. formant 2 vol *in-8*.   24 l.

Les Thémiréïdes, où Recueil d'Airs à Thémire, 3 parties, par M. l'Abbé de l'Attaignant.   3 l. 12 f.

Amusemens champêtres, ou les Aventures de Cythere, Chansons nouvelles à danser, 2 parties.   2 l. 8 f.

Recueils d'Airs & Menuets, Contre-Danses, Parodies chantés sur les Théâtres de l'Académie Royale de Musique, & de l'Opera-Comique, 17 parties, chaque partie se vend séparément   1 l. 4 f.

Recueils des Menuets, Contre-Danses & Vaudevilles chantés aux Comédies Françoise & Italienne, 13 parties.   15 l. 12 f.

Le Troc, Parodie des Troqueurs, avec toute la Musique.   3 l. 12 f.

Airs choisis des Troqueurs.   1 l. 4 f.

Ariettes du Medecin d'Amour.   2 l. 8 f.

Ariettes de l'heureux Déguisement.   2 l. 8 f.

Airs choisis de la Bohemienne.   1 l. 4 f.

La Musique de la Pipée.   1 l. 10 f.

Ariettes de Ninette à la Cour, 4 parties,   6 l. 18 f.

Musique de la soirée des Boulevards.   1 l. 4 f.

Menuets nouveaux en Concerto, Contre-Danses, 4 parties.   4 l. 16 f.

Les Loix de l'Amour, ou Recueil de differens Airs, 3 parties.   3 l. 12 f.

Cantatille nouvelle des Talens à la mode, de M. de Boissi.   1 l. 4 f.

Choix de differens morceaux de Musique, 2 part.   2 l. 8 f.

*Le volume se vend 12 livre, & le cahier 24 sols; le tout, séparément.*